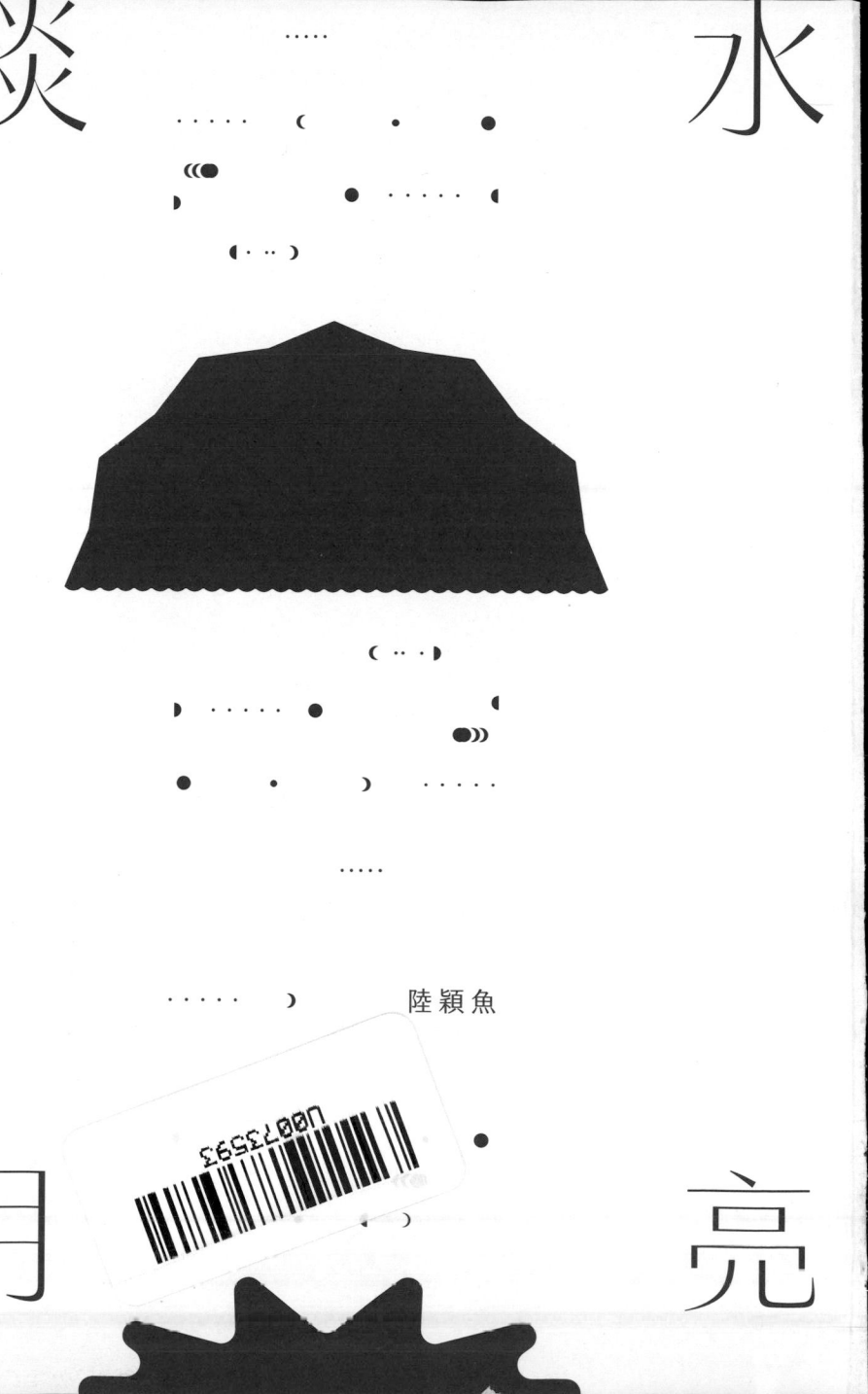

淡水月亮

陸穎魚

陸穎魚，被討厭的處女座，喜歡詩，相信愛與孤獨都是帶著玻璃面具的珍珠。著有詩集《淡水月亮》（2010）、《晚安晚安》（2015）、《抓住那個渾蛋》（2016）。

獻給每個憂愁的靈魂

序詩：如果你今天死去。

如果你今天死去
那麼你明天就不能死去了

但今天的憂愁
還可以在明天重新來過

就讓曖昧不明的雨
再撫摸一次

憂傷的日光，早晨裡
曬傷的影子，也是溫柔的

在開始與結束之間
我們重新一次

更加聰明的憂愁
更加完美的孤獨

更加不要阻止它們
在凌晨三點的親吻

你要這樣相信
脆弱的時候

你並不需要回答
末日的所有問題

目次

關於：每個人都有創造死亡的權利

(‥・)

關於‥凡有生命者，凡有愛

關於：我們還能孩子多久？

關於：我厭倦生活，而其實生活愛我

（…）

關於：我愛你。是因為我懂你

特別收錄：

光復香港，時代革命（詩歌小輯）

關於：每個人都有創造死亡的權利

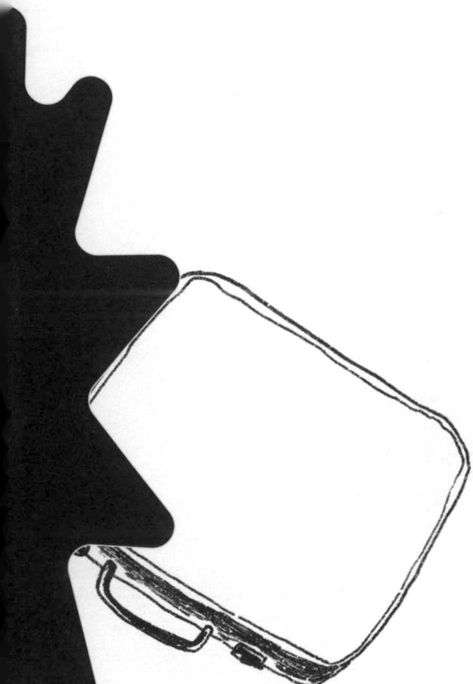

有一個人已經，下落不明。

城市謎題是我們上錯車然後再落錯車
在這個地方我們離開
這個地方在離開我們
時間是上帝按住的紅燈
不把綠燈開放給心事重重的人

如果能把問題交給明天
如果明天能把答案交出
走出房子走進跌了一半下來的太陽
我們與陌生的人說話不涉及冷熱
我們與熟悉的人說話不涉及真假

陽光把生活曬成無盡的日落
曬得地道所有隙縫都啞痛
曬得城市逐漸崩解殘破如影子的斑駁
曬得話語都變成香煙上的最後一抹霧
最後我們變成碗裡永遠孤獨的飯粒

我是一個基因配對失敗的複製人
坐在椅子看著電腦打規範化的字
我一打出來它便在框裡即時死亡
我惶恐地問自己甚麼是血肉相連
親手殺死胚胎就是這樣子嗎

我是一個沒有出過詩集的詩人
坐在椅子看著電腦打一碗湯的故事

我一打出來它便在手心熱燙胸口沸騰
我驚訝地問自己甚麼是血液流動的脈搏
親手煮沸一杯平淡白開水就是這樣子嗎

我是一個出錯考試題目的老師
你說你不懂對別人溫柔
你說你對愛的人有太多要求
你說有些時候會咀咒不喜歡的人
那麼永遠只要羨慕不要妒忌

我是一個有「創傷後壓力心理障礙症」的小孩
你說人生是不斷失去的過程
你說其中一件失物叫愛情
你說它是行旅遺下的溫柔的火屑

那麼我就讓殘缺的自信哭三分鐘吧

陽光再跌多三吋就要憂鬱病倒碎裂了
於是我穿起好奇的隱形鏡片上街巡行
觸摸一下共處陌生摺疊矛盾的意義
怪獸不相識只好等待恐怖份子在適當時候
襲擊馴獸師並在地球毀滅之前一起跳進烈火圈

走進自己的房子稍稍偏離信任逐漸崩落的城市
感覺就像把並不特別好看的電影票根存起
我們尋找失物但我們已經失散
城市是一種揮手問好道別等待回去的暗喻
沒有暈眩的斑馬線而我們總是耽誤彼此地掠過

走進黑色的信任走出白色的防備
城市准許販賣人士以五元一塊的面膜控制市民
我的遙控器只剩下快速搜畫的按鈕
所有事物的狀態都被卡死在彌留時光
在一口氣與一口氣之間等待另一口氧氣

新聞紙外面充斥過分甜美的噪音
我被當權者的咒語指令出外配合一切指令
有些人互相推撞有些卻尷尬忍讓
是你拒絕了這個不斷被拒絕的城市
還是你自己拒絕了被不斷被拒絕的自我

冬天的馬路結下一道地平線的寂寞
我和迎面而來的複製動物標本對望

互相都準備好了永遠無法交融的藍血液
然後他上了一架列車開往只售賣風景名信片的城鎮
原來你們還不知道我需要甚麼

我是一個人，一個經常感到生活乾燥的普通人
避免引出外界恐慌於是我脫掉黏溼的面膜
我們需要面對城市然而城市並不需要面對我們
我把身體都塗上潤膚液然後離開房子
繼續保持日常上錯車以及下錯車的優雅習慣

我城，在生命中打一個循環的岔。

一個關於尋找失物的地方
我已經不能承認我是多麼愛你的可能性
中學時代已經對你產生瓊瑤式迷戀
隨後穿著名牌的人帶來連串負面評語
我頭痛開始嫌棄壞血病逃避過去
眼睛與腳的一見鍾情引誘進退之間的語塞
你一直擁有堅持來者不拒的善良能力
總是準確拿捏得到一些尚未被信任的謠言者
野獸理解不到自己的皮肉
夾雜著另一個人臉的火山凹凸

進入心臟花園你種植了奇形怪狀的藥物
我見過老人吃一碗十元牛腩麵便滿足起來
我見過孩子看著金魚游泳便笑呵呵的
還有些專賣冷門書的二樓書店，想起他的死亡
可以令人快樂的東西不需要計較價錢
我夢見一條沒有人的街道只有燈光在迷惑
當我們感到身體極度悶熱需要水分
我們有一條河卻也無法拯救沙漠的喉嚨
當我們發現自己變成沒有水的游泳池
我們一點都不驚訝原來自己甚麼都不是

你的黑夜從來都不累，燭火人影五光十色
吸引一些人很早便走路或坐車到來徘徊
他們像第一次嘗試飛的鴿子到你的屋簷

只是有些會突然展翅轉飛冒險的遠地
可是你知道離去的人當時不會知道的
他們始終會循著散漫的柔黃色重新回來
最後再次看你的眼神觸你的頭髮
彼此早就被設定了要把成長的驚慌時刻
通過這裡嵌入所有容易被摧折的具體性抽象
而你懂得讓道理啟動得自然如一種原始的愛

有時候是光明的愛讓我們懂得道歉和反省
這個城市是剪刀把我們剪成碎紙
互相關心的人忘記分手形式對於日後重建友誼的重要性

如果我們都能勇敢一點面對彼此手掌上的罪惡
即使已經把頭髮燙傷我們都繼續嘗試補救

被交通遺棄的車子在中間街道失去方向感
日常季節大家都緊張討論無意義的事情
被雨淋濕的關係在敘述之時獲得親密
我們一起把生活剪成一個最奇妙的岔子吧
即使命運先生一直覺得人類如此像一株蒲公英

關於這裡我能重新拾獲的失物
實在只有這麼多的光影重疊，那麼小量的票根失聲
七個耳洞當中只有四個仍可順利進出
微小修改過的音符在斑馬線上奏出
迷戀過的365種以上顏色是陌生人的樣貌
無可否認我們已經把很多東西
遺失了在你的灰煙角膜如不知何時遺留病源
當意志薄弱的人意圖尋找

不能不承認我們是需要被牢籠容忍的野獸
在你盲目掩護下過去在喧鬧之中赤足革命過

未來，你挾持一副胸有成竹的不足感
一些小量即將出生、新鮮製造，迅速自私的一群
你知道他們並不知道的事情
你知道他們會相繼愛上你然後突然拋棄你
這是雨天與彩虹的戀愛
擁有相互了解的性格而不能同步展開溝通
我們相愛雖然我們已經確定彼此不能在一起
只能作莎士比亞式的暗示
我們天生注定要被對方經過
就像風景與風，海豚與海的缺陷美約會

魚熟了。

不適合繼續住在這裡
只要張開口
彷彿一切都是浮濫的噪音
身體忍耐至兩秒沉默
然後冷了一截
如被人搬進雪櫃裡
等待炎熱
面色厭煩地沉了下來
如反了肚的死魚
逐漸發出腥膩
你們嗅到了

卻習慣這樣
把那尾魚的眼珠挖空
吸吮它已經熟了的靈魂
而你們早已熱愛極了
這一道菜

我知道你想離開。

趕而忘了帶電話
按回十九樓
升降機關門然後上升
我有點不耐煩

踏出那帶溼的陽光
嗅到醫院的消毒藥水味
驚慌由我身體滋生出來

往黑色波點襯衣裡呼吸
它消失於那些麵包味之中

我有點想嘔吐

昨晚媽媽來電說：
「可能撐不住了，快來吧。」

電話鈴聲響了兩下斷掉
原來阿爸在醫院門口等我
怕我找不到那陌生的5A病房

關門然後上升
玻璃鏡的情緒有點木獨

望著面陷見骨的三叔
眼睛圓得像兩粒黑珍珠
又像被人吃掉了肉
而扔棄在街市的龍眼核

堂姐用手按摩
他那樹枝的肋骨，然後望望我
我湊近尷尬地說：
「怎樣呀？放心，會沒事的，會好起來的。」

升降機關門
然後下降
影子在玻璃鏡裡面
抹著眼淚

寫給健在的人。

對於死亡
我不知如何表達
事實是我不懂它的狀態
它不是睡眠
在適當時候重新醒來
如果是這樣簡單的理解
我便會明白
如何擁抱一道透氣的彩虹
也會明白
祈禱的力量與不痛的感動

我看著你自然的語態
創傷的表面是
若無其事的忍受
他離去了
我們還能說些甚麼
唯有收藏他的笑容在心中
夜晚的床
習慣空了的一邊
而他不會再轉側
你閉起眼
與冷氣一起失眠

關於我婆婆做的裝置藝術。

——給阮蓮弟

那是一個溼熱的日子
我們掛斷電話之後
瞳孔的白霧和你的尾音凝結成喧嘩
不易破裂的冰石雕
有一小段日子我們做好準備等待
一場主題關於「理解情緒」的展覽

終於來到一個類似平常的日子
這次我們離開你家以外
到一個需要預訂安排佈置的場地見面
你睡在一個長形裝置，但那不是床

奇怪的膠囊包裹了你，但那不是被
我看見像發脹麵包的身體，我無語

你的臉塗上楓樹汁的乳酪白
我亦不喜歡你嘴唇上的朱沙紅
它開出一朵枯死的野玫瑰
請問可以坐起來望我一眼嗎
你聽不到
你現在要專心做一場聾啞藝術吧

他們說我可以摸一摸你
我伸手輕輕捏緊陌生的透明膠囊
它便發出咯咯的聲音，像骨肉掙扎
一些冰水在你的手慢慢融化

流進我的心裡，留下你的血汗
我觸到我們曾經一起睡去的溫度

展覽很快完畢我們相繼離開
大家用力抽起腳步走，遺下了你
我不斷回望，矛盾你之後被安排的情況
我抹去眼角的苦澀，抹不走難過的心情
每年總會突然想起這個差勁的展覽
關於你第一次和最後一次親身示範的裝置藝術

差不多所有失敗經驗都是你給的。

有一段很長很長的時間
我變得溫柔
失去了應有的聲量與言詞
皮膚像極一條滑溜絲綢
嘴唇不長尖刺
照鏡的次數比從前變得更多
他們都表示這沒相干的
我流淚的時候
美得像帶點狂喜的印象派
這樣的讚譽
比那個熟爛的夏天還要熟爛

就像全世界人類都讀一本恐怖主義
不知甚麼時候開始
我竟然在洗澡之後
右手戴上一隻膠手套
重複修剪左手邊第四隻粉紅色指甲
我喜歡完整的事物
但我亦深知所有事物應有存在的缺乏
缺乏一種永恆的修養和體諒
我討厭自己的不斷犯錯
於是我搬到浴缸冷水裡睡覺
夢裡變得乖順彷彿害怕被人丟棄的貓
而我根本已經變成了一隻貓
不喜歡那些老鼠
而且十分憎恨魚的味道

我失去了所有身為一隻獸類應有的本能
他們再次表示這不是罪惡
因為我是被動的
我根本已經被你的野獸派所動
當我們都不再渴求接近成功
我們反而更加接近彼此
他的失敗經驗都是她給的
你的重覆
使我愈來愈完整地失敗
因此我所有的失敗經驗都是你給的

1把2的背影切成4個卡夫卡。

我想記得夏天籃球場
球的彈動
我想記得醫院外的巴士站
樹的味道
我想記得課室裡的書桌
魚的名字
我想記得校外垃圾桶裡
雲吞麵的被遺棄

你會想念抽屜內的七八十封信
字的意義

你會想念第一份生日禮物
鑰匙的尋回
你會想念地下鐵發生警匪槍戰
牽手的迷失
你會想念運動場裡的痛風
擁抱沉實的衣服
校服裙與身體分手的那天開始
書包都忘了上學時候公車的號碼
你的離開是為了之後的相遇嗎
我的遇見就是為了證實你之前的離開
三2一二1三3一二4
數字開始亂七八糟

第一眼是背影
然後是另一個背影
我不熟悉的人
旁邊有熟悉的外套

第二眼是背影
然後是和上次不同的人
你開始向我走來
我們開始說1之後的事
第三眼終於換成一個側面
然後是和2不一樣的眼唇
我們說客套的話然後交換1的背影
最後留下目光沒留下再見

之後的夢囈流著汗發出求救叫喊
夢中人問是害怕我／抑或是／遇見這回事
斷片開始倒數

第三次／第二次／第一次

有人說1是巧合／2是緣份／3是命運
或許我甚麼都不害怕
我只是無法接受一份體諒
被重複不斷的分裂以至變成一個寓言

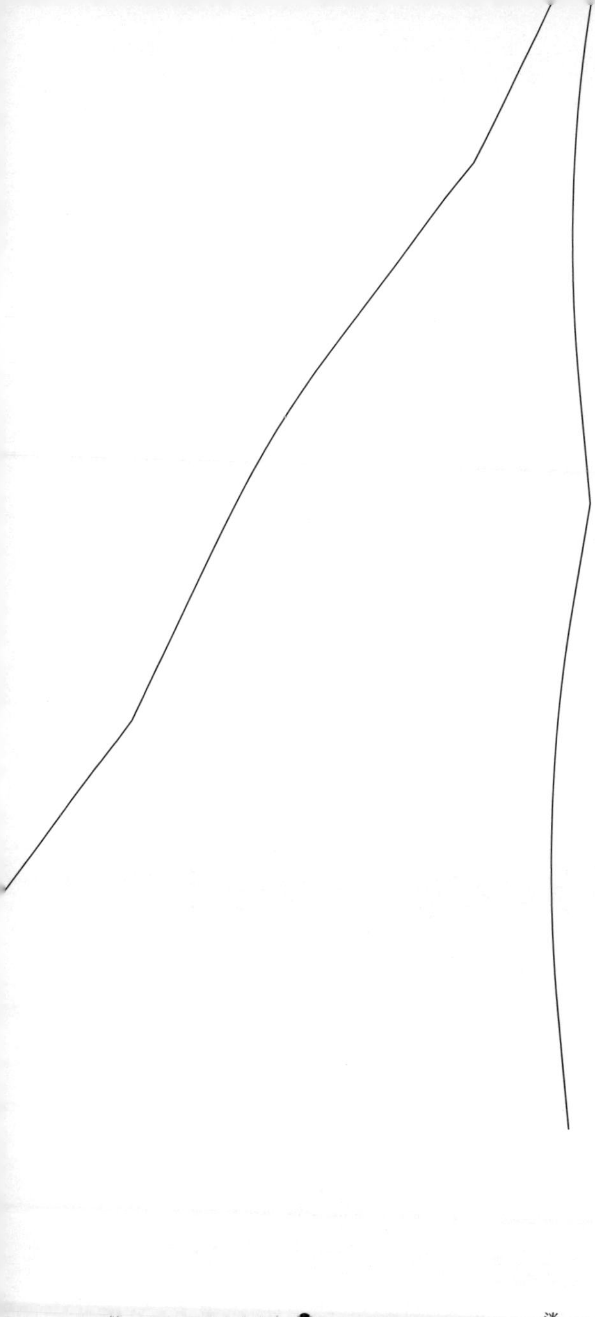

天使的胎音。

那年我才四歲
已經會喊爸爸和媽媽了
我和弟弟打架的時候
那些家長卻在吟唱一首又一首的離歌
二十年後，我才了解那年發生的事情
他們都是勇敢的孩子

不要以為我們已經忘記那些天使
那一道門後的謊言與卑鄙
關於殘酷與怯懦的鐵血之手

那絕對不是飽受生活壓迫的想像
人都是會傷害人的動物
天空裡他們劃出最沉默又最喧囂的傷口

五月天又傳來他的話語：
「你們不像我們，我們已經老了，無所謂了。」
彷佛每一種不同亮度的光都會熄滅
彷彿他一生就是為了含淚說出這樣燦爛的煙話
沒有誰比誰更善良，只有誰比誰更殘忍
他困在那座房子裡看得比誰都清楚

不如我們從頭來過
不如坦克車從來沒有駛進過廣場
不如子彈從來沒有穿過他們的身體

不如門牆裡面從來沒有口號、抗爭與汗淚
沒有太陽東方升起時，一個又一個的頭殼流出熾紅
可惜昨天真的太近，槍聲突然刺痛我們的耳

六月天總是滋生出最接近天使的胎音
他們在現代化的變種生活裡抗絕被清洗腦袋
從今天起沒有人再害怕跌撞，因為黑夜唱起溫柔的詩
孩子們點起燭光圍在一起向瘋狂的世界與遺憾宣戰
快樂要吶喊，痛苦更要用力吶喊
如果時間是偷走歷史的賊，那我們又算甚麼奇怪東西

這晚，我們如此的清醒，而且不打算離去。

我們的腳步代表我們自己。

一個公園，三十萬隻腳印
一起前進撼動一九八九的春夏
紅眼睛閃現萬千朵小白菊
我們揮動血紅火光的拳頭

十五萬人在創造和承接歷史
黑白的人影迫爆天后和維園
這一夜燭光永恆照亮發熱
而我們的步伐平和簡單

背影扔不掉天空與廣場
背影都在尋找烈士紀念碑
不要想，不好去想
以後的日子要怎麼過

讓這夜的自己對自己溫柔
找個可以歌唱他們風采的位置
讓一架又一架的攝影機
記錄無以名狀的不安與希望

假如你仍然厚著面皮
在官邸收看電視直播
催眠自己這十五萬人的武器
其實只是十五萬枝小白燭

你抖顫的鴨步培養了
你自以為是的驕人成就
而我們的腳步才是真正代表我們
同一星光下，我們和你並不一樣

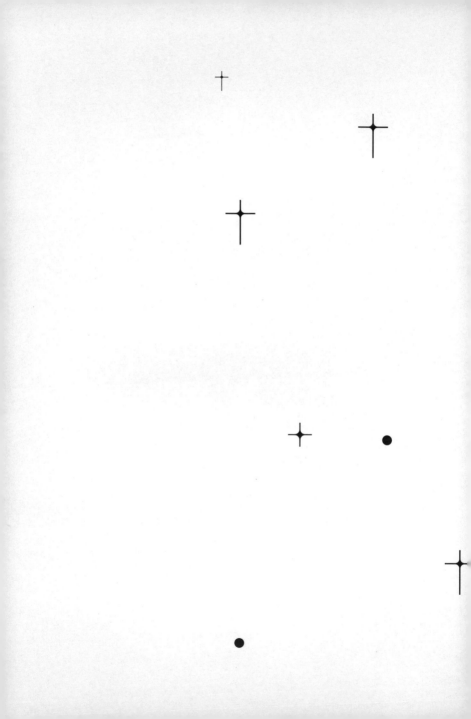

關於：凡有生命者，凡有愛

肚臍。

你有一個肚臍
我有一個肚臍
開出兩粒小紅豆

曾幾何時你吻它
曾幾何時我咬它
我們在洞穴裡變成蠕蟲

白日裡我們撫摸肚臍
黑暗中我們尋找黑洞
歡愉時我們忘卻十指緊扣

可是你走後
不見了昨日的肚臍
不見了明日的肚臍

手指和棉花棒
始終無法把它挖淨
我們遺下的氣味

而你亦不知道
挖空了，卻挖不死
蟲卵纏綣的肚痛

禮物。

我無法割開身體
送你一個心臟
我只能割開心臟
送你一件心事

我無法建造一個世界
讓你隨時進入
我只能放棄自己的世界
讓你隨時離去

我把玻璃瓶放在
黃昏的窗邊靜靜等
流出來了
一滴一滴的晶瑩

鹹味的日落在瓶裡
儲存了三百六十五天
每天留下一些
卻每天都蒸發一些

玻璃瓶仍然空空的
氧氣稀薄下來
我已經無法淚流自如
方便你去拭乾

或者煩厭
我只能把玻璃瓶
放在你床邊
留言一整年的眼神

你不知道
我只是想
用特別的方法
做一份禮物送你

耳洞。

幼小的銀光色針尖
閃爍的鋒利愛慾
我想進入你
我
想
進入你
不足一毫米的細長
鋪滿一層微薄的氧氣
消毒藥水救不了
一陣陣餘痛

它尋找進入的門
穿過雲霧黑色樹林
它不是鑰匙
無法開啟青花密碼
它是一把手槍
我允許它給泥土開個洞
濺起　濺起
生長與膨脹的
願望

一次又一次的嘗試
手在徘徊撫摸
初夏留下的雨汗
再深一點

再深
一點點
不足一毫米的距離
耳語給寧謐吻下呻吟
給黑洞點活了一把
離譜的火

野火流放日光暴烈
往事的愛恨
穿越白玉和脆脆的軟骨
一場回憶濃郁的酸味雨
摩擦硬化了的石壁
永恆在歷史裡沉默
老了搖搖欲墜的耳環

進不了去
已經進不了去
我

讀愛。

父親買一份報紙回來放在飯桌
讀者無法殺掉記者寫好的新聞
你是一道奇怪的精選菜
明明我吃了一口魚肉
魚骨卻卡在喉嚨中央

如果這是一件可以控制的事情
如果我只是決定嘔吐而不是絕食
那麼請你儘快離開電視機
請不要，暴露最新行蹤
請不要，炫耀新剪的髮型

巧合是岔出回憶的一隻腳
接著記者訪問他的得獎感受
口罩無法遮掩得住晃動
畫面流放一片檸檬色的毒氣
有人啃到了，酸澀的咳嗽

我把飯碗放在頭上
用筷子對準碗底敲打下去
一下接一下的墜落
挾住氣喘把一口稀粥吐出
恰好在你的名字之上漸漸淹沒

腳步慢慢離開飯桌
斷了的手拿掉報紙
把昨天撕去
把今天都撕去
最後空洞還是讀出了日曆的潮濕

聽愛。

我想要的。我總是會得到
我最想要的。我總是會失去

有些人早了些，晚了些
他們在大堂，她們在月台
有些人走在前面，停在後面
走得遠點，看不見
走得近點，看不見

有些人不上街，不坐車
他們不微笑，她們不說話

有些人不會生活，不會思考
你快樂是因為你快樂
你哀愁是因為你哀愁

是的，你這樣相信
遇到的話，相信你是第一個
失去的話，相信他是最後一個

如果沒有遇到
如果沒有失去
如果沒有牽手
如果沒有分手
是的，你這樣相信
因為這個路口沒有轉角
轉角的這間書店沒有辛波絲卡的一見鍾情

幸好還有一棵樹
樹上仍有一些未開的花實
幸好還有地下鐵
地下鐵還有一些和睦善良的人

幸好還有一個我
有一隻眼一隻耳一個鼻一個口
還有一個心臟很小很弱的我
是的，你要這樣深信
他正在你的前面和後面，左面與右面
他在對你微笑，對你說話，以及正在思考你

他有另一隻眼另一隻耳另一個鼻另一個耳
他的心臟很小很小卻裝了一個你

是的，你要這樣深信

你聽，那些逐漸強壯的腳步聲彷彿雷雨
你聽，那些逐漸失血的心跳聲彷彿月缺
是的。我聽到，我的愛

怕他卻上心頭。

看不清的額頭
看不清的眉毛
看不清的眼光
看不清的鼻樑
看不清的唇齒

堆在一起的
大小粗糙東西
別人肉眼看到的
我看它甚麼都不清不楚
也談不上是些甚麼甚麼

可是一見了他
車水馬龍都堵在心口
總是不敢　總是不敢
長長久久的看
生怕讀出另一個現代胡蘭成

Honey 告訴我

1

脫掉泳衣
把罐頭塞進肚
游一個沒有魚的
泳池
變成五線譜上
的一條或已反目
的單腳魚
死在某日
正午時的陽光
唱著Honey的D大調

2

你弄傷了我的心
她就突然碎了一地
我跪下
一片一片地撿起
再重新砌一個
羞怯的心
遞給你
你甚麼都不說
留下冷漠
把最後一份禮物
送我。

幸福的孤獨。

天氣涼了
買張厚棉被來你家
打掃了一下房間
疊好有你香味的衣服
洗了昨晚的碟子
把你愛的牛奶放進雪櫃
過期了的雜誌換了新的書籍
寫好張小字條
貼在電腦的臉上
天氣逐漸變色泛起風的清涼
明天記得加件外衣

好想把自己塞進洗衣機
把思念攪碎
好想
好想
等你回來
見你一面才離去
城市已經刷好了白牙
黑夜都準備入睡
我把鎖匙放在地毯下
走進街燈的背影
揣測你走著
與我相反的方向
天上的星星對我說
有些時候

幸福就像一個人
孤獨地慶祝生日
而他卻突如其來
帶著禮物出現
就像電話鈴聲突然響起
你說回到家後
喝了一瓶好味道的牛奶

鷹和紙鳶。

把你那過於平凡的名字
清楚書寫在敗壞殘缺的紙鳶上
務求你的不美麗繁殖出腥膩
吸引長久在天空覓食已經飢餓的鷹
認定那是一具腐敗發臭的屍體
用牠的利爪抓破你那浮動中的尾巴
然後在無人的大球場上停留棲身一角
視察了安全後滿足地把你的名字撕碎吃去
讓你的氣味與體溫
從此離開我那枝已經斷開了的筆尖

掛畫。

把你的名字
繪成風景
不讓任何人發現
它的作者是誰
掛在婚後的房間裡
染塵　直至黃爛
證明記仇
是花的溫柔
存在
根本毫無意義

牙齒的腹音。

A：冬暖

雪花躲進溫熱的粉紅手心
積累成溫柔的棉花糖

指環如晨光緊扣著
青蘋果的羞澀秘密

我們的天空饞嘴得很
白牙齒築起最甜的高音

雲霓一天天長胖了

滿肚子燒不盡的卡路里

E：刻名
籠裡的日記飛出一隻信鴿
牠抓緊斷了墨的樹枝

穿過住滿老烏鴉的森林
尋找那個或已遷移的信箱

枯竭了的夜綻放瀑布的藍
傾瀉在沉默的窗框

鴿子聽著愛情詩的韻腳
細啄下魚的圖案

I：耍花樣
瓶子裡的魚兒渴望
變做一隻沾滿花粉的蝴蝶

跳傘式
掉下牙齒的深呼吸

扭著腰
世上人間的迷迭香
逐步迷暈貓的心臟

O：信物
把三色堇的種子
移植在一顆白牙齒內

特別在吃甜的時候
燦爛得像梵高的向日葵

特別在吃苦的時候
寒瘦得像十一月的白水仙

牙齒在飢餓的肚皮裡掙扎
門縫之間，咖哩色的黃溢滿了

小女孩坐上手術床
一個人等待

藏在音樂盒裡的白米粒
送給夢兒做信物

U：失聲

我在婚宴上咆哮

沒有人聽到
音符的祝賀

沒有人知道
孩子的恐懼

沒有人發現
喜帖的鮮血

有誰會看見　我的嘴巴張開
失聲的人說　「我愛你」

唯有牙齒
知道所有過去

Z：鋸齒
憤怒是狼的鋸齒
咬破完好的肚皮
滲出些苦瓜汁

玫瑰花孕育出一隻小狐狸
她在小紅帽的咳嗽裡
留下了幾句髒話

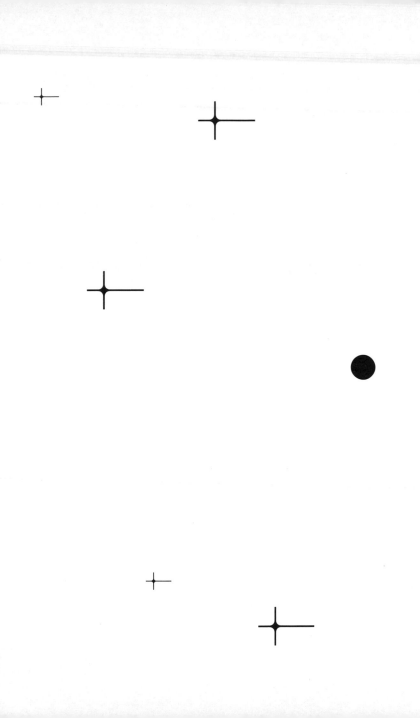

關於⋯⋯我們還能孩子多久？

狼來了。

1

用兩個半銀錢預約了書
嚷信鴿去交換回來
再等多三天或七天吧
等狼磨好了牙
準備吃掉小孩
我會學習父母親的善良
編好一個關於「謊言」的故事

2

一句不好意思或 I am so sorry
瀕臨絕種的面紅
被魔術師的咒語變走了
那要賠償多少呢
我一副冷靜的模樣
正在進行未辦過的手續
留下台幣二五〇元離開

3

納悶睡飽了
於是我走近
家庭式的圖書館
取下買來的書翻弄

ISBN 957-97886-0-X

管理員穿著睡衣
翻閱到：
「讓我把你寄在行李保管處」

4

小偷畢竟不是一個牧羊童
無法為孩子朗讀
關於一個良好榜樣的故事
每天都有一隻狼來了
牠帶著空的禮物盒
送給我們一個成人練習

理髮記。

這幾年頭髮
在心臟以下的腰骨之間
斷 斷 續 續
寫 詩

寫得長，便刪去些字
例如刪掉謊言重覆的押韻
段落太短了
顯得你抱過的腰
更加瘦削

太少的話語
根本無法讓你完全明白
太多的描述
又怕你找不到重點

怎樣才能寫好一首詩呢
浴室已經沒有新的護髮素了
而我的頭髮已經太長
彷彿一連串的
粗黑色的
省略號

最後我低下頭
拿起剪刀細細思考
甚麼字應該要被減去
還是要把
損壞的頭髮
擦過
寫壞了的
空
白

童年塗鴉。

收音機已經耳聾很久需要維修
嗜吃而肥厚的嘴巴生了毒瘡

蟲子繁殖了不少慾望與貪心
滋養出金銀珠寶的腥臊

牠們爬牆在深沉的錢袋裡
慢慢不見天日的追逐

樣子變成殘舊不堪的錢幣
丟去後再用偷來的機器生產

蟲子漸漸在樹叢中吼聲掙扎
身子變得如大象般巨型但虛弱

最後被其他地方到來的野獸吃去
原來應該不要過量繁殖

早該在密封的保險箱裡孤寡
自言自語地玩個大富翁遊戲便算

丟棄責備在櫃子埋葬動物
大象、花、蝴蝶、蟲子、獸

牠們吞食了我的影子與腳印
那些深邃的餘腥和污穢物

朗誦了我的微笑與眼淚
牠們如此幸福
牠們又如此寂寞

我的青春以及我的歷史
墜落在密集平靜的風眼中

我買了一塊死板的橡皮圈
規格化了一層層不熟悉的味道

打開藍色大門、眼睛的門隙
玻璃窗的水珠滑落到外太空
手提箱的鎖已經風化變硬

牛奶瓶上的小塵埃
早已變成飛花
早已變成飛花

蝸牛戴上一朵蝴蝶結。

蝸牛和蛔蟲
拖著各白輕省的腳印
爬過市鎮的汽水罐與果皮
走進機關處處的地下鐵

他們各自選了一個座位
她們掏出同一本故事書
牠們各自選了不同的章節、段落、句子
開始細讀逗號的前後或句號的尾段

逗號之後，蝸牛變成了大象
省略號之後，蛔蟲變成了蝴蝶
書本開出水蜜桃的甜香
情節爆出一塊又一塊的彩石

甚麼時候開始會造飛翔的夢
是第三百六十六日黃昏閃著星星的雨天
有些人解除義肢然後穿好碎花睡衣
相繼的走進充滿機遇的地下鐵

他們從不相識
在一篇小說的開章便注定異途
她們也無法前進
因為末節根本沒有待續

蝸牛和蛔蟲
甚麼時候變成大象和蝴蝶
是當象牙被壞人拔掉變成手上的筷子
當蝴蝶變成小孩生日禮物的蝴蝶結

姊妹。

忘了幾歲開始
我們約定每月一次的聚會
但她竟然遲到

廚房的草莓蛋糕
由嘴唇的紅變成枯葉的啡
親密將快過期

她上次離去時打破了
玻璃櫃裡的玫瑰花酒瓶
棉被私藏一塊木塞

你的電話好幾天撥不通
郵差卻送來一瓶新的紅酒
差不多是時候了

也許貓都知道有人要探訪
牠離開魚形玩具跳到床上
倚在大腿上問甚麼時候來

一路發出喵喵喵，喵喵喵的少女嬌喘

她所知道的熱情。

我伏在你的心臟
回到吸吮奶水的孩提時代
你撫摸著我見頭肉而
年紀嬌小的稀髮
你的手指托著
仍是天空色的小腦袋

我用牙齒的隙縫
發著不安的胎音說
眼睛很痛
腦袋很痛

心臟也很痛
耳骨內的空洞也痛

你垂下頭來看我
我把嘴巴鑽了個小洞
彷彿有山坡在氣喘起伏
奇怪的蟲子在我的小腹腔
啜飲腸道的熱華田
吞食胃裡的雞蛋仔

你開始說一個故事
痛楚之後通常會飢餓
沒有人不需要熱的食物
以後肚子可能會突然痛

妒忌是不能要的壞
如果無可避免要流一些血

我覺得時間開始塌陷
你老了胸脯都垂落來了
媽媽你知道我仍未知道的事情吧
桌上的飯菜冷了
你說再不吃它便會和熱情一樣
比想像中還要更快過期

我是一隻沒有被偷走的字。

如果我是一隻字
你沒有寫過的
應該是你能力所及可以了解
早已經腦海出現過的
被專用的一組形容詞
你學習過記憶的喚回
但現在你已經塗花了
當初的心情
平靜如走路時普通感覺
有印象但不關於我的模樣
遺忘了寫過的書信

用力時甚麼顏色的筆劃
印刷了一個遠在過去的故事
如果我是一隻字
那只不過是圖書館裡的其中
一本你曾經借出過去
翻閱過那時好看的喜愛
一些文字一些不知名的感覺
是你曾經以為想長久擁有
卻純粹暫時渴望偷走的一本書
裡面有一隻註解我的字

我和自己的約會。

我上班坐車下班坐車
晚上九時吃個精選晚餐
枯萎的疲憊漸漸和空白的時間接軌
這樣的生活已經持續很久

花貓在公園裡踩著陽光散步
家中魚群背著藍天玩起韻律泳
連手機都挨著冷氣靜靜睡
星期天就留在家裡
和自己來個簡單約會

三時之前和棉被玩纏繞遊戲
吃個泡麵之後繼續睡
起床來看些電視，聽些流行曲
讀些大眾流行愛情小說
漸漸忘了要想起誰
或者已經原來忘了誰

晚上開著電腦接收朋友溫熱的問候
寂寞時給白牆寫點小詩
向這個城市說句喜歡你
完成一個人的滿足
無聊事都變得沒所謂

已經很久很久
沒和房子裡的鏡子聊天
互相搶著說話
同樣時間傻笑和流淚
一起在霧氣裡
用泡沫吹彈神秘人的名字

已經很久很久
沒和公園裡的花草一起散步
那時騎著單車的微風
讓陽光充沛的思緒
隨著天空半游半走的雲朵
自由地四處飛

整個城市被太陽伯伯曬得
蘋果般的灼紅
下場陣雨洗個涼快的澡
每天來一個午睡
我突然發現已經很久很久
沒隨著哈欠好好睡飽了

下個星期天繼續對自己好些
讓憂慮放個假
調一杯香香的綠茶咖啡
用力的浪費獨處
一整天哼著不成調的啦、啦、啦

在夢境空氣才如此生動。

那塗滿防曬乳液的黑夜
掩護我在夢裡走過夢
夢裡有一隻青蛙在山路邊
許願天空落下紫羅蘭的灰塵
好讓把一位公主的傘子裙弄污

故事書裡沒有描述他們的樣子
有人把謊話藏在冬天色的泥土裡
有人把雨點埋在蘋果紅的眼睛裡
有人把晚安收在微風色的早晨裡
只有一隻小鳥比較誠實哼著渴望變成天使的曲調

沒有人發現大樹年事已高
沒有人體會流水一直細心溫柔
沒有人聽到另一個人的所謂心事
愈簡單的事情愈難把握
成年人一邊發脾氣一邊綁好白色鞋帶

滲著薄荷味詩集的清晨
一盞燈在發愁而燈光那麼忐忑
空出來的單人床鋪蓋有距離的思念
呼吸的寬鬆度彷彿一首動人的小情歌
會心跳的空氣彷彿有了一個具體的名字

[redacted]

[redacted]

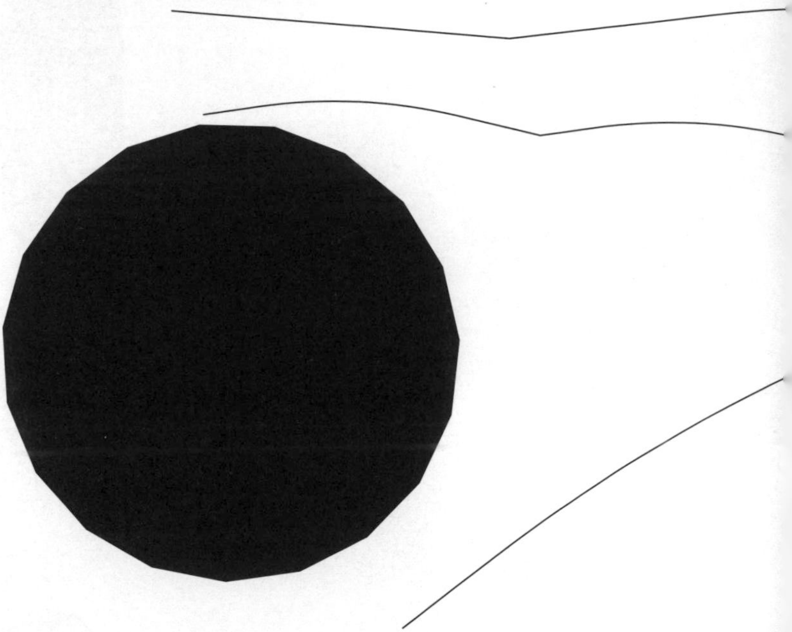

關於：我厭倦生活，而其實生活愛我

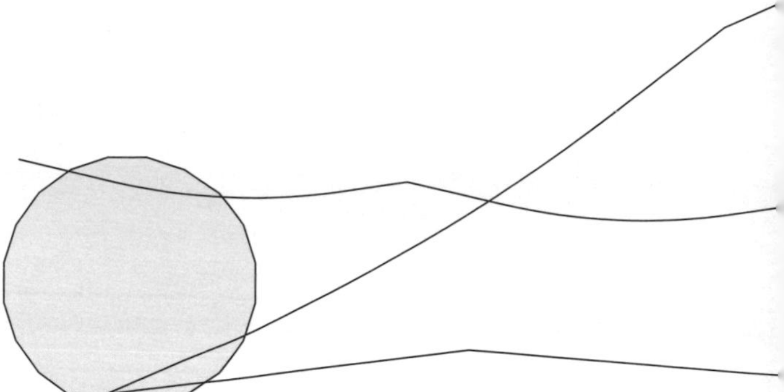

你好，憂愁。

我做事開始緩慢起來
望著電腦螢光幕忘記打字
卻思考人與人之間的信任如何虛偽

我感到將來似乎毫無希望
為甚麼這個年代的人都失去體貼
人們不是變成狐狸，就是蛇或者蒼蠅

我面對大小事情都難以作出決定
無法決定是否出席一些自己喜愛的活動
也無法決定自己的人生將如何規劃

我覺得焦慮而且坐立不安
眼見很多人只用一條毛巾把自私掩蓋
對於不公平的事物採取鴕鳥態度

我漸漸要花很大的功夫去完成一件小事
例如和一些人在同一張桌子完成晚餐
又或者是，純粹把一個電話號碼順利撥出

我的睡眠終於受到干擾：
發惡夢／睡得很少／不能入睡
鑽鑿陸地的聲音總在耳裡長夜飛行

我甚至懷疑自己是個無命運者
因為我愛的人，並不愛我
愛我的人，我無法去愛

我想過自殺
因為即使有好的事情發生
笑著時的心卻仍然感到困惑、恐懼和沮喪

我根本就被困在憂愁的行李箱裡
被陌生的人拿起，被親密的人丟棄
但無論如何，我都在憂愁裡面

一臉是水。

一大堆又濕又重的食鹽
用力環抱著白開的水
化學成一塊缺憾的臉
她各喝一杯。日與夜

她好想把杯子打得破碎
空鏡裡她每天失去光
鏡面有霧氣熱烈呼吸
聽到老病人未能死去的鬱慮

一個玻璃杯的空間
只剩下魚尾的漩渦
如果關掉水龍頭。如果扭開煤氣爐
她都是一臉如水

沒有
如果

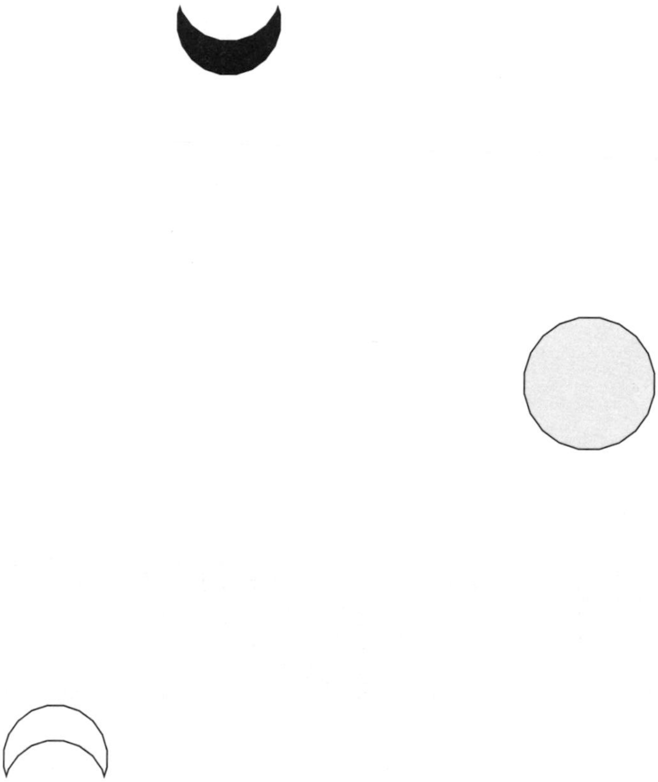

憂鬱病。

佈滿藥丸味的空氣
浸蝕整個肉體
長了石頭的火瘡
連利刀都無法割下

我開始一口一口吃掉飯
然後走進廁所嘔吐
讓食物掉進馬桶哭泣
看見一面牆在裂紋滲水

我的眼睛變成法國麵包
當他們提及他們並不理解的事情
本來堅硬的成為粗糙碎屑
夾雜鹹味蕃茄汁

已經無法不把事情想到最壞了
最黑夜的輪廓於自閉者來說
它並不新鮮，它只是緊接的重演
從原有的暗礁趕往另一個暗礁

我的身體開始地震
不斷的訴說建立起不斷的自我孤立
被紅線綑綁手腕的女子出現
干擾我的意志力，批判我的善

為了繼續工作，與一些人保持交談微笑
訓練呼吸正常的速度不要比流淚激烈
睡眠時間他們就鬥爭自私與體諒
獨處時把一個又一個飛機引擎器裝置心臟

我說服自己進行一項身體檢查
醫生把我的名字拆開，就成了一份病歷表
他說：每個人自私又脆弱
你已經患上人類最愛的抑鬱病了

兩種立場。

她的◎會笑
她的◎會流淚
她的◎已經流血
她的◎看不到他
他的●還在不在
他的●不在
他的●在哪裡
他的●在一個包袱裡
每個人所看到的都不一樣
在限制裡觀察事物
正如戴上不能矯視的眼鏡

所有錯誤都有本身錯誤的源流
所有能做的事
與所有不能做的事
對於男女都是一樣無法克制的
一件東西的真偽
總是不能從懷疑之中探究出來
兩隻永遠不能互相交談的眼睛
最能了解人性表面的器官
最愚蠢的「自我認識」
一個失明女子最接近假像的表白

我也是鳥。

我在車內，微微抬起頭，天上有一群白色的鳥傾斜飛過。大約有二、三十隻白色的鳥。也許，牠們其實是灰色的。

天有點陰，我無法看清楚天空的顏色，無法看清鳥的面貌，我甚至捉不住牠們的尾巴。

我其實是害怕鳥的。我覺得，牠們很恐怖。因此我們註定，有一段距離。牠們身上的斑駁羽毛總是隨著牠們包裹著內臟的身體而郁動。一想到這裡，我便不敢再思想，我如何能夠接受自己觸摸牠們那像暖流般的毛髮。猶如我不會敢，觸摸一些會令自己雙手腫痛的陳舊物品。

不如就把牠們當作是灰白色的鳥吧。

一群灰白色的鳥在巴士的頭頂飛過去，然後飛回來，又飛走。我追蹤牠們短了的尾巴。我把頭貼近窗，看到有幾隻鳥，離開大隊。然後，本來一大群的鳥，分散了。是的，天空這麼大，牠們想飛去哪裡都可以。

原來巴士行駛的速度，比那些灰白色的鳥，還要快。

我已經看不見牠們了。我已經看不到，車窗外掠過的一切流動的景物。我感到，一種莫名的傷感。我開始，有點想哭。我問自己，牠們為甚麼要飛走呢。

我竟然，有些擔心，有些掛念，那幾隻也許是迷失了，也許是被遺棄的，灰白色的鳥。

我覺得，我也是一隻恐怖的鳥。

被關在一架巴士裡面，被運載去一個，我不害怕，也不是喜歡的地方。

我，其實，只是，不知道，現在的，自己，其實，喜歡，甚麼。

這夜失眠因為我想寫詩。

關於睡眠
離不開一張床
或者
純粹的一塊地板

至於枕頭
已經沒所謂它是軟的
抑或是硬的了
於是也無所謂它有否花紋

睡覺時需要關燈嗎
黑暗的環境比較容易入睡
叫我怎樣去解釋這種心理作用好呢
正如熱戀的人總要去吃燭光晚餐

還有很重要的被子呀
這根本與內衣褲沒甚麼分別
重點全在於那掀起與否之間的範疇
我們內心既整齊又經常混亂的東西

終於我掀起被子、離開床、開燈
在應該睡眠的時間無法睡眠
已經超時工作了，但為甚麼仍睡不著呢
因為收到刊登我詩的文學雜誌

這夜有一張床，可是不見了身體
這夜有一個枕頭，可是不見了腦袋
這夜有一盞燈，可是不見了黑暗
這夜還有一張溫暖的被子，可是不見了罅隙

我開始體諒失眠將引致白天的
種種後遺症如：紅眼、不能上妝、沉默等
可是我愛寫詩的失眠
勝過不寫詩的失眠

我們裂開彼此的善良。

我開始發現而且有感
白天其實比黑夜更加哀傷

當我走在光明的大道
最廉價的衣服都會被人偷去

當我爬在暗暗的角落
他們就失去發掘瑕疵的好奇

在一個燈火通明的暖室
我們堅守正常隔距進行視線交錯

你不會知道我笑的委屈
你不會知道我流淚的驚慌

你在愛護我的同時
一種迴避卻步步傷害我

我在理解問題的同時
一種委屈不斷攪碎勇氣過度湧動

早有預算的過程可以是虛偽
然而行為痛楚無法不成真實

當你把我的名字進行交代
她的獨特性便逐漸於你無所意義

我是一邊看你說話一邊失去信心
在那威脅裡面我們正在裂開彼此的善良

戴白手套彈琴的女子。

當我親吻你胸脯下的心臟
聽到有一個背影在磨刀
接觸近乎窒息的親密與距離
一段獨白的感情駁口
樓下兩隻花貓正在交媾

垃圾車輾過沙石的聲音
白布蒙面女子在一座大廈放火
是她部署下的一個暗號
要用鐮刀把我暗殺
測試真愛的步驟正式展開

首先你要挑斷
我手腕上的一條微絲血管
放暖紅的液體緩緩流出
證明我是善的女子
然後你拿來一罐白糖

灑進血管裡才把缺口縫補
好讓我甜蜜地醒來
使我們得以繼續相愛
你吻了我的手背一下
點起一根福壽煙

灰塵很快就溢滿整個溫室
你說如果這時候有點音樂就好了
你說喜歡我彈琴
喜歡乾淨的手
還問我愛不愛你

我舉起雙手
示意你可以把它們隨時斬斷
你笑而不語
掏出一雙白色手套
我笑而不語

吞食。

不被准許發言的口
像水籠頭淤塞了辯護
手於是只能攤開
粉紅色正方形平面
微粒整齊地
列著內斂的純潔
提起嬌柔的指紋
朝向目的地遊行
讓一字一句
開在蓮花綠葉底下。

牠們終止步伐聲勢
慢慢靠近心跳的位置
蟲子
蚊子
已在腦裡層層深入鑽探
興建房子、佈置家具、種植荒草
就這樣順理成章
成為主人。

我沒神的視線
凝聚了串串鮮艷
優雅地
把粉紅色塞進嘴裡吞
經過探尋懷疑

而認知的味道
就是要
一口一口吞下去積累

把弧度輕輕而羞澀地
揚起來
帶點奸狡的引誘
所有你應該知道的
全在這裡
化成身體、化成情緒、化成腹稿
那朵朵蓮花
將咕嚕咕嚕地繁開
在你曾垂耳撫聽的
那條縫紉腹線。

目送。

無論身體被安置在甚麼地方
它始終是死的物
鏡頭拍下借來的血肉
咔擦，閃光的一瞬
一具植物標本藏匿誰的衣櫃

現在已經脫離貝殼的所謂「我」
今天和明天都不會再重覆出現
水的眼睛　鹿的心跳
對過去的自己說好再見
卻無法對未來說出一句歡迎

像她都已經推出好幾本書
頁內還是那張呼吸靜止的遺照
連向田邦子的靈感都開始重覆了
那我的又在哪裡呢
那你的又在哪裡呢

春天可以重來卻無法倒退
孔雀把好風光收起不再開屏
當城市決定畏罪自殺那刻
我們卻已經比它快死一步
十八歲那年舉行了今天的成人葬禮

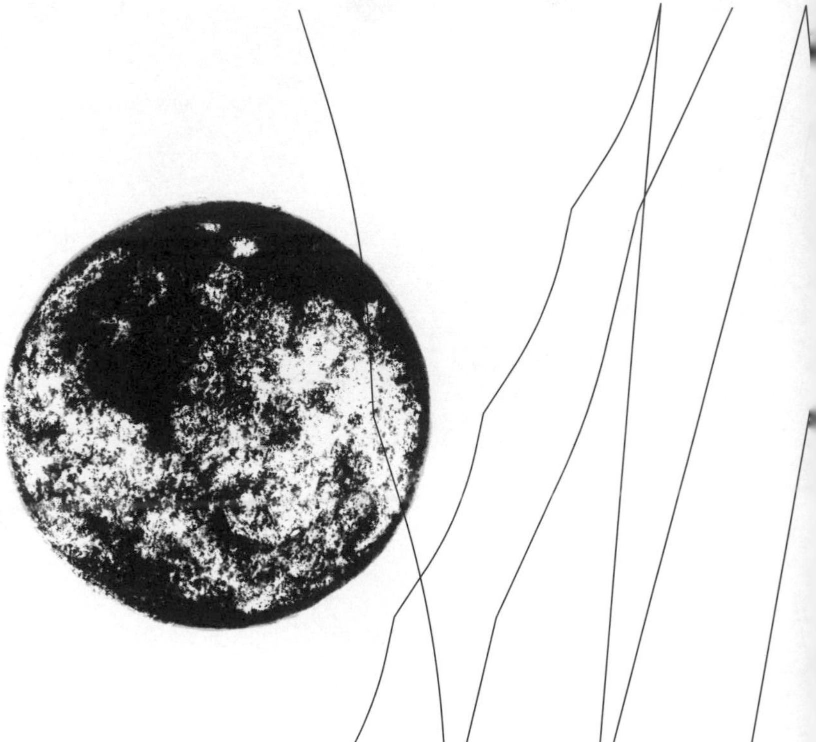

關於・・我愛你。是因為我懂你

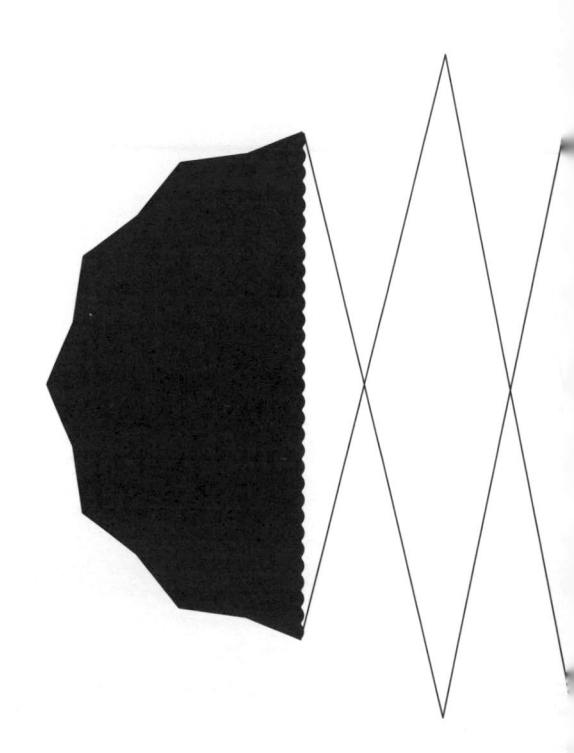

小王子與玫瑰花。

我是希望先有一個男孩的
然後才輪到你的出生
當你腳踝震震的
小手牽著他的格子衫尾在風中
挨著前進
白米牙齒唱著魔法咒語
他就變成這個地球上
微笑最好的守護神

沒有人會比我更加害怕和擔心
你會受到那最美麗的傷害

我怕你會被陽光曬黑
我怕你會被大樹捉去
我怕你不快樂於是不吃糖果／朱古力
我怕你會不再想和我一起睡去
甚至你有天不會再說：
今天在學校裡發生了甚麼事情。

日子關了門窗便成為過去
你終究要長大
成為善良又美好的女子
遇上人生最美麗的失去：愛情。

我無法阻止注定發生的事情不發生
正如我無法阻止你的父親最深的無語

我們無法不正視你的手腳已經快速變大
今天已經可以獨自坐地車／雙層巴士了

如果可以
我還是想男孩子首先來到
讓他給你斬去樹枝開路
儲自己的零錢買玩具給你
和你一起騎單車捕風
教你讀書和唱詩歌
甚至趁我不知道
幫你做功課寫毛筆字
當你給人欺負的時候
他會勇敢的說：
「不要欺負我的玫瑰花」

始終一天我會不在
這個男孩
這個地球上最後一個
因為愛你而生存的小王子

他是你的哥哥、爸爸、媽媽和白馬王子。
啊，我的未來，我的兒子和女兒。

床褥。

那時候我每天六時起床
把香腸、粟米、肉丸解凍
加煎一隻太陽蛋
塞滿一個公仔貼紙飯盒

書包裝著早餐在巴士站等待
陽光漸漸照出藍格子裙的氧氣
你抱著遲到向我趕來
並不知道巴士和巴士司機等了多久

你把兩份車費掉在蕃茄紅的箱子
我們用牽手反鎖疲累
晨光企圖引誘白天的黑眼圈
那時你總問我今天又有甚麼吃

紅燈亮起下一站有人要下車
歲月一早脫掉了不合身的校服
今天我中午時候才醒來困惑
現在有她給你煮早餐嗎

我坐在巴士上層回去，回到交叉點
理智抹去眼前熟悉的馬路和風景
炎熱刺死了毛孔敏感神經的勇敢
身體以初戀中暑了的姿態昏迷過去

直至兩旁的回憶走到面前
才發現這個座位已經預留給你
盲人用手按摩躺了下來的柳絮
我是一條河流睡在你厚實的河床

剎車的聲樂猝死在黃褐色斑馬線
倒後鏡滲出冷汗窺見戀人親密
陌生女子側身把頭睡在他的大腿
我突然想起我們充滿疲累摺痕的床褥

毛粒。

指甲翻出毛衣的溫柔
駛過的風景摺疊錯返的時間
迷惑的人赤腳尋找失蹤心事
山城閃爍流動的星光

時針和織針指揮眼角的冰碎
滴滴沾傷街角冷呆的吊燈
外套怕聖誕夜涼得太早
怕與纖細的寒命擁抱

你鼻音重重的，甜紅棗味好濃
香芒色的十二月份
花和瓣分離，看一場黑天鵝湖
冬天穿起短衣淩空如葉子飄飛

早晨的臉被薄荷記憶凍紅
我想起了你，一個一個的隆起
暗戀是夢與棉花的摩擦
白白的床單發酵出敏感的毛粒

和你在舞會跑過步。

每個家園都應該是一座城堡
——奧登（W.H. Auden）

那個城堡的高度太不適合擁抱
華燈照耀我不優雅的試跳踏腳飛躍
明明一個轉身就能貼近你的呵氣
明明腳尖之間已經沒有了呼吸
因為呼吸和呼吸都在逃跑
尋找追捕一種想像中的難過
正在播放的輕音樂失控旋轉
依靠了默默曲折的身體
抽搐填滿了回憶在拍手的靜好
過去的人兒，一個又一個的人兒呀
一個又一個的在跑，在快跑

跑出來了跑不回去了
跑到我的面前我的眼裡
好一串逝去的柔軟親密流光
舞會中我看見許多的人兒在轉來轉去
漸漸移轉出許多個你在笑在揮手
夜幕投射我不含蓄的試跳踏腳飛躍
我握緊手心的汗放膽跳高一步然後跌在
跌在最光亮的那塊花崗石磚地上跌在
跌在昨日的夢裡聽見有人說以後要怎麼辦
突然的那一秒是樂聲的驚
華燈眼看人兒的背影在未來熄滅
舞會在空心的城堡奏出散失的遺憾
為甚麼你跑出眼裡來了
一個又一個人兒挾著模糊的語言
跑出了我的舞會　跑出了我的紅眼睛

生日快樂。

蠟燭吹了一支又一支
熄滅了我的天真
我的天真給我信任

白天夜光的 iPod 裡
複製舊了的新情歌
我的歌詞集是我的秘密

小學一個人走路去
放下媽媽的看顧與握手
中學一個人坐車去

放下床邊的娃娃與童話
自從那一天起
我學習製造自己的虛假

蛋糕吃了一個又一個
奶油融化了我的勇敢
我的勇敢給我回憶

晴天陰天的地鐵裡
陌生的人精心地擦身而過
我的冷靜是我的把握

大學一個人去面對
承諾與婚嫁的落空誤差

工作一個人去消化
言語的藝術與複雜框架
自從那一天起
我學懂靜靜堆自己的細沙

你知道嗎
其實我真的很羨慕你
冷酷的世界裡有人給你說
其實甚麼都不需要怕
下一支花火
吹啦吹啦
吹啦吹啦

同班同學。

——給小美同學

也許是自己懲罰自己。

可以這樣俗套地形容的嗎
人生是一百萬個學期也修不完學分的科目
生活是未婚產子的訓導老師
她每天都給我們很多功課
通常乖的同學會少一點
壞的同學不做功課
他們只會被安排重複寫他們的名字
有時候午飯時候寫。有時候放學之後寫

也許是自己懲罰自己。

有時候我們不是不想把功課做好
只是我們做好了
我們只是寫錯了答案
關於作文題目：我的志願
我可不可以不寫以下這些人
老師、醫生、律師、警察、會計師
如果我寫我希望成為一個「詩人」
我會被這個政府這個社會標榜為「寄生蟲」嗎
我會得到像詩人布洛斯基同樣的待遇嗎

每個星期日我都想放假睡到變成一個孤島
星期一我要去學拉月光小夜曲

星期二我要去學畫蒙娜莉莎的笑像
星期三我要去學跳旋轉的黑天鵝湖
星期四我要去學做奧運會場上的飛魚
星期五我要去補習班學習如何搶奪第一名
星期六我要去學甚麼呢，連她也忘記了
沒有人發現書包的肩帶就快要斷了

與我同班的同學
你只要每天把功課做好，就好了
考試和測驗拿不到一百分不要緊
六十分已經恰好足夠支撐昨天的睡眠
以後有不懂的地方可以告訴我
我不知道答案
但我們可以一起研究

研究天空為甚麼會這麼的藍
一片愉快的天使藍
追著另一片憂鬱的瘀血藍

很多老舊的人都說
每間學校裡面都有個黑房用來困住學生
但你不用害怕
如果訓導老師要你進去寫自己的名字
我會在門外等你
做門縫的一道綠光
你不要埋怨老師
她只是想我們要記得自己名字的順序筆畫
不要忘記自己每天早上如何叫喚陌生的自己醒來

你說，也許是自己懲罰自己。
是的。
有些人總是不知道自己的名字如何過分美麗

他有時善忘。

誰會記得手指勾著尾指的時候
儲一個美好的圈
讓熱的汗
醞釀一條夕陽河
誰會記得突然軟弱的瞳孔
在即將要接吻的時候
微剪開一個精緻的細縫
讓眼神偷拍湖中的影
又有誰會記得理會
在一見鍾情的時候
我們考慮的

不是如何計劃開始戰爭
而是如何不讓一本書的句點
直接地消滅一本書的內容
我們總是因為緊張
於是忘記一切需要的步驟
彷彿始終一天
我們即使沒有了夢想
仍能若無其事的生活
就如每次出門時候
忘了穿鞋子
帶鑰匙

她的牆突然崩塌。

——給V

你突然好傷心
因為又想起
那一道可以壓死身體的牆
你又哭起來了
形成散亂不堪的餘震

這夜是難以挨過的
明天會有你認識的朋友
把事情再說第二遍
所有重提都是下次更流利的解釋
都是下次更結實的一副面容

痛的時候
要大聲喊　我痛
給自己和愛你的人聽到
每一個缺口都是拯救自我的開創
可已經與他無所關連

我只能告訴你
一切恐怖將於今晚過去
也將於今晚之後
永遠　無從
消失　過去

下課鐘聲仍未響起
沒有人能夠被准予離開課室
在舊式電動風扇風吹底下
書頁靜靜的忍耐著操場上的嬉戲聲
你正在失神獨自發呆

人生不如意的事情十常八九
你無法適應這種空白狀態
喪失能力擊潰這個結果
關於這第十一件的靈異事件
我們知道如何誠心祈禱都不會有用

當面前的一道牆突然寂靜地崩塌
所謂傷痛彷彿掌心連綿生長的汗腺

從指縫間爭相逃脫出來的一條末路
信任總是碎裂得那樣平靜無聲
關於一道牆的重建，我們注定無法拾得那些物質

我好害怕你死。

——給Y

我回家
走進一個葬禮
沒有任何儀式的行進

窗外下著大雨
豆大的雨彷彿一架飛機
穿過客廳中的魚缸
穿過我的輕輕喘氣

任何不好的事情
都不能發生在你的身上

如果要選擇病患與死亡
我寧願你衰頹都不要突然走去

我記得想像中沒有畫像沒有樂聲
也沒有攜帶鮮花到來的人
可我就是沮喪
我是真的好害怕你死

我收到你的回信
二〇三九年四月廿六日那天
我們約定回到二〇〇九年四月廿六日
再見不再見

神永遠與我們同在
後來我走進一個婚禮
看見有你在笑

美好的事，總留給安靜的孩子。

把舊電視聲浪扭到最小
把床單的太陽花撕掉
把美好句子的圓形句號擦去
把天空的藍色海洋射下

我只想在自己的房間裡休息
被年齡相近的黑暗包圍
讓喜歡的故事變成一條長長的路
刺激寂寞的日光不那麼華麗開朗

電風扇是另一種奇怪收音機
捲住我正在飄流的恐懼與困惑
而他坐在另一旁看我自己遊玩
我看我慢慢變成一隻自私的惡魔

讓我想一想，事情想到最壞就最安全
甚麼都不做就不會出差錯
但是有誰能夠告訴我
為甚麼壞孩子得到的注意永遠最多

發狂有時也是一種不帶侵略的溫柔
衝動難道不能成為我的其中一種爽朗
為甚麼你難以捕捉我那最美麗的偏執
為甚麼身體僵硬了，眼淚就狼狽地落下來

無法相見於是找到聲音沉澱的機會
我開始走在一群人的最後面
溝通時候用最細小而且和平的語調
過馬路時提醒自己要緩慢的腳步

我知道態度太過尖銳會討人厭
我知道太甜蜜的笑容會讓人誤會
我們之間已經失去了一字一句的連結
於是安靜的孩子，總在期待美好的事情發生

特別收錄

光復香港

時代革命

（詩歌小輯）

我城

我會受傷
因為我愛你
不論你是一個人
還是一個地方

催淚彈

你發放煙火
但落在皮膚上的那些星星
我不能用來許願

騷動之夏

那是黑暗
長得豐滿的夏天
強迫著青春
跪在地上的血
一夜長大

無名氏

有名字的人
來不及喊出名字
被殘忍之手拘捕的靈魂
是最寂寞的蠟燭
是最溫柔的白花
在偷偷運送的黑箱裡
他們熄滅她們枯萎
被拋進海的名字
抱緊海浪進進退退
繼續反抗

你

光明時你要躲起來
黑暗時你要表達愛
你要讓別人找到你

懷疑沒有回信

我在另一個島嶼上
尋找另一個島嶼上

遺失的疼痛之物
身而為人的價值

我深深懷疑的自己
我不知道如何體諒的世界

游泳少女

我夢到你
全裸的眼神
游到天空
最深的海邊

你盯著天空下
每座房子的窗戶
有人在偷偷洗掉
臭味的心臟

最遺憾的重逢是懲罰

你帶著悲傷的泳姿
撞擊兇手睡著的噴嚏
他在恐懼之中醒來
你便成為他每一個清醒的美夢

馬路玫瑰

雄性玫瑰花瓣
被坐在假車牌上的獸
撕碎在馬路
我們聽著照片裡的雨聲
祈求花瓣還有醒來的可能
請你不要在故鄉裡
孤獨地成為永恆無盡的夜深
即使花柱破碎也要繼續活著

撈上岸的珍珠

一群蜂鳥勇往直前
灼熱的催淚彈向上飛升
美麗的羽毛著火了

我們所相信的神
手上握著的希望
原來是易碎的玫瑰色玻璃

玫瑰色不代表甜蜜
玻璃也不是營養的果實
無法填飽夏天炎熱的肚子

街道上造夢的影子
都已經寫好遺書

準備在煙霧裡融化的雪人

父親啊，母親啊
我已經離開那條黑暗的地下鐵路
如果你們終於在大海撈出了我

請在那浮腫的骨頭裡挑出珍珠
那是我純潔而沉重的愛
而不是蒼白而悲傷的絕望

戴著面罩來說愛你

從一個面罩
從一個奧秘的遠距離
親吻另一個面罩

兩個人微不足道的眼神
控制住激動，成為另一種
溫柔緩慢的交通工具

每一次爬行夢的邊緣
夢裡的人都在訴說著，抱歉。
抱歉追求自由擠出的對望

當有人在槍聲面前隱藏悲傷
當有人在上帝面前裝作悲傷

悲傷總是會認出悲傷的自己的同伴
他們日以繼夜在鏡頭裡編織荒謬
我們便日以繼夜在荒謬的編織裡
頓悟出正確的垃圾分類方法

悲傷把人和垃圾作出分類
荒謬便還原了一切真相
荒謬便拆穿了自己的問題和答案

當年輕臉龐喊著痛苦
黑夜的胸膛被種下一顆子彈
那不是甜蜜的櫻桃

他的堅強仍然站著人間
愈抱愈緊
每一個陌生人的心臟

此刻夢還未完結
在瘋狂的黑箱裡
有人仍然哼著榮光的星星

淡水月亮（十週年台灣復刻版）

作者｜陸穎魚
編輯｜劉霽
美術設計｜朱疋
策畫｜詩生活—詩人雜貨店

出版｜一人出版社
地址｜臺北市南京東路一段二十五號十樓之四
電話｜(02)25372497
傳真｜(02)25374409
網址｜Alonepublishing.blogspot.com
信箱｜Alonepublishing@gmail.com

總經銷｜聯合發行股份有限公司
電話｜(02)2917-8022 • 傳真｜(02)2915-6275
二〇二〇年二月　二版 • 定價新台幣三八〇元

國家圖書館出版品預行編目（CIP）資料

淡水月亮 / 陸穎魚作 . -- 二版 . -- 臺北市 :
一人 , 2020.02
224 面 ; 13 × 19 公分
ISBN 978-986-97951-0-4(平裝)
851.486　　108021923